Alfred Brendel

Störendes Lachen während des Jaworts

Neue Texte

Carl Hanser Verlag

1 2 3 4 5 01 00 99 98 97

ISBN 3-446-19100-3

Einbandentwurf: Claus Seitz,
unter Verwendung einer Radierung
von Max Neumann
Satz: Reinhard Amann, Aichstetten
Druck und Bindung:
Friedrich Pustet, Regensburg
Printed in Germany

Störendes Lachen während des Jaworts

Man könnte sich hinstellen
den linken Fuß etwas voran
ernst aber locker
ein Mann in reiferen Jahren
nichts beweisen wollend
weder anmaßend noch unterwürfig
und darauf warten
daß die Leute still dasäßen
still und neugierig
bevor man zu lachen anfängt
explosionsartig
bis jemand mitlacht
oder
in ernsthaften Ländern wie Italien
vornehm den Kopf schüttelt

Man könnte dann
einen Feuerwehrschlauch
auf die erste Reihe richten
sofern man es
nach einer höflichen Verbeugung
nicht vorzöge
etwas von Brom Brehm Brums
nein Brahms zu spielen
strukturell durchleuchtet
zugleich eine Handvoll Mäuse loslassen

damit die Damen
blitzschnell ihre Stühle erkletterten
piepsten
und ihre Kleidchen
bis zum Gesicht hochhöben
was die Mäuse jedesmal dermaßen verwirrt
daß sie glatt an den Damen vorbeilaufen

Man verlasse den Saal
über die Lieferantentreppe
bewehrt mit Bart und Zigarre
und schreibe
von Autogrammjägern umringt
im Kaffeehaus
Ergebenst Ihr Brahms
auf Servietten und Taschentücher
Manschetten und Handrücken
auf Ohrläppchen einfach Brms

Als ihm das Große Kaninchen erschien
saß er lustlos beim Mittagessen
angewidert zählte er die Erbsen
da stand es vor ihm
unnatürlich leuchtend
Zwischen den Pfoten
hielt es eine Rübe
es mümmelte
bevor es sprach
schwer verständlich
Kaninchendeutsch
doch die Botschaft war deutlich genug
sie drang bis ins Zwerchfell
vor Freude mußte er lachen
so einfach war das alles
einfach
wenn man SAH
und WUSSTE
Auf den Knien liegend
spürte er
wie etwas sein Haupt berührte
das mußte die Rübe sein
die ihn zum Ritter schlug
zum Meister des Rübenordens
Als er aufblickte
fand er sich allein mit seinem Bier

Aufatmend nahm er einen Schluck
und mümmelte
während seine Ohren
immer steiler in die Luft ragten

Wenn Emil mich heimsucht
wird er schnell hungrig
Schon während er die ersten Zeilen diktiert
wandert sein Blick in meine Richtung
Er lächelt entschuldigend
ehe er zubeißt
Emil hat spitze Zähne
In den Freßpausen
diktiert er weiter
manchmal schweift er ab
und zeigt sein dunkelrotes Gebiß
bevor er wieder
zischend in mich eintaucht

Gustav ist gut
das weiß heute jedes Kind
selbst wenn er Fürchterliches anstellt
hört er nicht auf uns zu lieben

Gustav kann was er will
sowie ihm etwas einfällt
schnalzt er bloß mit den Fingern
schon ist es geschehen

Gustav spielt mit uns
am liebsten spielt er Verstecken
wenn man ihn nicht sucht
ärgert er sich

Komponieren kann der Gustav
uns mit der Ewigkeit anwehen
darin kennt er sich aus
Symphonien mit Schlußchor
da weiß er wo Gott wohnt

Die Sache mit Gustav ist die
daß man nicht schlecht von ihm reden darf
Gustav ist nachtragend
sein Zorn ist berühmt

und alle kleinen Gustavs
sind schnell dabei ihren Arm zu heben

manchmal schlagen sie zu

Lachend
sprang er aus dem Leib der Mutter
zum Gaudium der Hebamme
die ihn in der Luft auffing
Lachend durcheilte er Schulklassen und Kasernen
durchpflügte er den Krieg
Lachend liebten ihn die Frauen
wenn er mit seinen Purzelbäumen auf sie zuschoß
Lachend unterwarf er sich das Land
wobei sich ein sardonischer Ton
in sein Gelächter einschlich
Als auf seinen Lippen
unversehens das Lachen erstarb
rebellierte das Volk
Allzugern hätte man ihn
lachend sterben gesehn

In einem einzigen Punkt
entsprachen sich die Angaben
in der Schilderung des kleinen
unbehaarten Schwanzes nämlich
der sich je nach Wetter- und Seelenlage
schlenkernd peitschend oder freundlich eingeringelt
den Blicken darbot
Im übrigen
gingen die Beschreibungen
bedenklich auseinander
Figur
semmel- oder salzstangenhaft
Augen
treublickend blau oder grünlich schielend
Haare
schwarzglänzend feuerrot bzw. keine
Beschäftigung
bankrotter Religionsstifter
medienflüchtiger Dichter
vielleicht auch
vielbewunderter Terrorist aus Großserbien
dessen erklärte Absicht
sämtliche Journalisten in die Luft zu sprengen
noch kürzlich die Redaktionen erschütterte
Die Verbuchung besonderer Kennzeichen
wie Hasenscharte Buckel oder Klumpfuß

schien auf die Person des Leibhaftigen hinzudeuten
ein Verdacht
den die Polizeibehörde zum Anlaß nahm
ihre Ermittlungen einzustellen

Es gibt diese kleinen Maler
auch Kleinmaler genannt
die wissen
daß Gott im Detail wohnt
Selbst wenn ihre Bilder noch so groß sind
ja ganze Wände bedecken
lassen sie kein einziges Haar aus
Jeder Karpfen im Karpfenteich
wird zur höheren Ehre des Allmächtigen
bis in den kleinsten Kiemen
dem Auge aufgeblättert
Mit aufgerissenem Mund
werden die Leute dargestellt
damit jeder einzelne Zahn
oder Zahnstumpf
zu seinem Recht kommt
samt den Speiseresten
die den Zahnhals verzieren
Die fernsten Alpinisten
werden
winzig zwar
aber greifbar wie Zinnsoldaten
auf die Bergwand gezaubert
Alles was man nicht sehen kann
aber gerne sehen würde
wenn man das Bedürfnis hätte es wahrzunehmen

wird mit spitzen Pinseln
dem Betrachter eingepinselt
Nicht auszudenken
wie Gott aus den Details
in denen er steckt
jemals wieder herausfinden soll

Nicht Freunde diese Töne
rief der Kapellmeister dem unrein spielenden
Orchester zu
und assoziierte damit
während er weiterdirigierte
unvermutet das Bild einer Frau
die sich im Bade
mit schöner Selbstverständlichkeit
der Säuberung ihres Körpers hingab
elastisch schimmernd unter dem Wasserstrahl

Man muß ganz still sitzen
um das Gras wachsen zu hören
Nicht jeder weiß was das heißt
still sein
ruhig atmen
weder schnaufen noch röcheln
nichts rühren
nur ganz vorsichtig die große Zehe bewegen
nichts fallen lassen
auf keinen Fall reden
nicht einmal flüstern
um Gottes willen nicht husten
an nichts und alles denken
Sehen kann man es zwar nicht
aber hören
wenn man lauscht
eine kleine Grasmusik
Plötzlich weiß man
was passieren wird
man ahnt das Kommende
Nur noch ein wenig Geduld
dann erfährt man
die Börsenkurse von übermorgen

Als den Milchtränen der Madonna
das Lachen der Kühe nachfolgte
begann es selbst den schlichtesten Gemütern zu
dämmern
daß zwischen Himmel und Erde
einiges durcheinandergeraten war

In der Folge
paarten Kaninchen sich mit Ratten
das Lamm Gottes bekam den Drehwurm
Hunde krähten
und alle kleinen und mittleren Hühner
fraßen Rühreier bis sie ausstarben

Von der Schulweisheit im Stich gelassen
bauten sich die Menschen einen großen Turm
in dem sie heute noch sitzen
und nichts anderes tun
als sündenbabeln

Sie werden es mir niemals verzeihen
aber die Vorstellung
sämtliche Festgäste würden sich
mit Umhängebärten -bäuchen oder -nasen
ausgestattet
vor dem Weihnachtsbaum einfinden
hilft mir über die Feiertage

Etwas verlegen stünden sie da
zum Lachen ernst
sodaß man Lust bekäme
eine der Gumminasen zu fassen
bis sie wieder ins Gesicht zurückschnellte
oder den Zylinderhut des Großonkels
über dessen feierliche Ohren zu treiben

Bösartig zerstrittenen Familien
verordne ich Gasmasken oder Taucherbrillen
durchs Visier beäugt man sich
zum Verwechseln ähnlich
im Nu gehört man zusammen
zieht am gleichen Strick
Man muß sich ja nicht unbedingt um den Hals
fallen

Sich mit anderen Menschen einzulassen
ist keineswegs ungefährlich
Kaum legt man die Hand auf eine Dame
ist sie verschwunden
und taucht im Traum wieder auf
schräg auf dem Sofa liegend
mit Beißzangen statt Zähnen
und hundertfältig geschnürten Stiefeln
die aufzuschnüren ich mich verzweifelt abmühe
wobei aus dem Mund der nächtlichen Erscheinung
zunächst kaum hörbar
dann immer deutlicher
eine lückenlose Aufmahnung
sämtlicher falscher Noten meines letzten
Konzertauftritts
in mein Ohr sickert
Schweißgebadet beschließe ich
fortan
zwischen Lämmern und Kohlköpfen
der Welt zu entsagen
als Maronibrater im südslawischen Karst
unterzutauchen
oder zumindest
eine Baumsäge unterm Arm
alle morsch gewordenen Klaviere der
brasilianischen Tropen

in Kleinholz zu verwandeln
So konnte es jedenfalls nicht weitergehen

Pflichtbewußte Nägel
wollen auf den Kopf getroffen werden
Ambosse sind sie der Unverblümtheit
Märtyrer des pünktlich versetzten Hiebes
Heroen im Dienste von Kühnheit und Kürze
harte Plattköpfe dennoch
deren Schadenfreude keine Grenzen kennt
wenn der verwegene Aphoristiker
sein Ziel verfehlend
mit dem Hammer die eigenen Finger breitschlägt

Sie sind doch Woody Allen
sagt plötzlich jemand neben mir
eine Frau mit einem krummen Zahn

Nicht daß ich wüßte
sage ich
und mache mich unwillkürlich etwas kleiner
mein Name ist Karl der Große

Unsinn sagt die Frau
und schiebt sich immer näher an mich heran
Mir machen Sie nichts vor

Also wenn Sie meinen
sage ich
und fühle wie ich weiterschrumpfe

bis ich so klein bin
daß sie mich
samt meiner Klarinette
in ihrer Einkaufstasche davonträgt

Was immer er fühlte dachte oder tat
ob er nun schwitzte oder fror
die Hände rang oder vor Begeisterung fieberte
ob er Orangen schälte
oder sich mit Adelheid der Lust ergab
stets fand er nur das eine zu sagen
ein Wort das alles umschloß
Bibliotheken ersetzte
einfach und kraftvoll
unvermutet und doch zwingend
Das Wort war Kleister
Dieses Kleister genügte vollauf
In die Breite zu reden
entsprach nicht seiner Art
Auf den genauen Punkt kam es an
Dieser Punkt war Kleister
Schon als Kind
von der Lehrerin aufgerufen
hörte er sich mit fester Stimme Kleister sagen
obwohl er Müller hieß
Im Beichtstuhl flüsterte er Kleister
was ihm siebzehn Vaterunser eintrug
Daß er beim Wandern kleisterte
statt zu müllern
wird uns kaum mehr verwundern
Bald eilten die Kellner mit der Rechnung herbei

wenn er Kleister rief
Inzwischen kleistern sie alle
selbst Parlamentarier
benützen das Wort wie eine Keule
stehen auf
brüllen Kleister
und setzen sich wieder
stolz auf das Gesagte
Da es nun so oft gesagt worden ist
erhebt sich die Frage
wozu man überhaupt noch Kleister sagen soll
zumal sich einsilbige Lösungen wie Murz
oder Crv
ein reizvoller kroatischer Vorschlag
langsam in den Vordergrund schieben
Wer einen Schritt weitergehen will
könnte in ein Trappistenkloster eintreten
oder als freiwilliges Mitglied des Bundes
sprachloser Politiker
die kommenden Jahrzehnte völliger Verstummung
einläuten helfen
denn Glocken wird es ja wohl noch geben dürfen

Verzweifelt sah er auf die Uhr
wo Johanna nur blieb
in fünf Minuten begann
wie er aus bester Quelle wußte
der Weltuntergang
ein Spektakel
dem er sich allein nicht gewachsen fühlte
Gewiß stand sie vor dem Spiegel
und malte sich die Augenränder schwarz
stieg aus einem Schuh in den anderen
oder wühlte im Modeschmuck
Der Himmel vor seinen Augen glänzte gelblich
kleine Rauchwolken erschienen
während es unter seinen Füßen verdächtig knisterte
Ein nicht allzu lauter Knall drang an sein Ohr
bevor er in Ohnmacht fiel
Als er aufwachte
bespritzte ihn jemand mit Wasser
Die Welt war noch da
Johanna trug einen riesigen Hut
öffnete die Tür zur Terrasse
und sagte
War das alles

Wie er wächst und wächst
der komische Kleine
bis er so lang geworden ist wie ein Elefantenrüssel
Nach Elefantenart
greift er nun aus
streckt sich den Passanten entgegen
bettelnd
oder besprüht sie wie ein Gartenschlauch
Dann trompetet er fröhlich
holt ein gestrandetes Auto aus dem Graben
hilft Kindern über die Straße
und stiehlt dabei den Damen ihre Handtaschen
wohl wissend
daß Damen stets etwas Schokolade mit sich
herumtragen
Braunverschmiert und schmatzend
kauert er sich dann zusammen
und schläft
unsichtbar geworden
einen traumlosen Schlaf

Und wiederum
hatte der Herr der Heerscharen
einen menschenfreundlichen Tag zu verzeichnen
drei Religionskriege vom Zaun gebrochen
etliche Wirbelstürme entbunden
eine neue Seuche kreiert
Utopien in die Seelen gepflanzt
ungezählte Kinder erfolgreich zu Schaden gebracht
da konnte man sich
als Fürst der Welt
eine Sekunde Ruhe gönnen
etwas Lyrisches tun
den Blick dieses Mannes auf jene Frau lenken
hinter ihren Brüsten das Herz sichtbar machen
im Herzschlag Angst und Verlangen mobilisieren
ein kleines Höllenfeuer schüren

Wie sie ihn anhimmelten
die beiden

Als es erwachte
lag das Kamel auf dem Rücken
Das soll wohl ein Scherz sein
Wann
so frage ich Sie
hat ein Kamel
sich jemals schon
auf den Rücken gelegt
Sie haben es erraten
Die Höcker waren weg
Stehend
äugte es hinter sich
nichts wogte dort
nur sein Selbstverständnis wankte
Ohne Wülste
wo gehörte man da hin
war man da
noch Kamel
oder bereits Pferd
Seinen Auftritt in Aida
konnte es jedenfalls vergessen
es sei denn
sie banden ihm zwei Säcke obenauf
Vielleicht verdingte es sich als Roß
sattelte um auf Die Walküre
ein dickes Weib auf dem Rücken
Wenn nichts mehr ging

blieb immer noch das Nadelöhr
eine schwierige Nummer wäre das allerdings
Da müßte man ausgiebig fasten
dünner und flacher werden
und den linken Fuß in der Luft zwirbeln
damit er beim Einfädeln
die Öffnung nicht verfehlte

Wenn man so dasitzt
erwartungsvoll
mit schlaffen Armen
den Mund leicht geöffnet
damit
was immer aus dem Inneren hinauswill
seinen Weg nach außen findet
wenn man spürt
daß die Kinnlade sich lockert
der Gaumen auskühlt und austrocknet
bis der erste Schnarchton
kurz und leise
den Rachen verläßt
wenn man sich weit zurücklehnt
wie beim Gurgeln
und alle Wünsche vergißt

dann kommt das Spruchband aus dem Hals heraus
wie in den Comics die Blasen
und bauscht sich in der Luft
Man muß es
beim Aufwachen
nur herunterholen
glattstreichen
und an die Wand heften

Mit steinernem Gesicht durch die Menschen
gehen
lohnt die Mühe
Ehe man sich versieht
ist man der Realität entrückt wie ein Denkmal
Kein Zucken um die Mundwinkel
kein Augenzwinkern
prüfendes Vorstülpen der Lippen
oder mokantes Stirnrunzeln
verunstaltet die wetterfeste Oberfläche
Kein Lächeln des Wiedererkennens
erfreut den herbeieilenden Passanten mit der
ausgestreckten Hand
Wie in den Gasthöfen die Kellner
blicken wir an ihm vorbei
oder durch ihn hindurch
bis er seine Hand verwirrt zurückzieht
und auf jemand anderen zueilt
Zu Hause entspannen wir uns
gleiten in Tanzschritten über den Boden
und schneiden Grimassen
bis die Gesichtsmuskeln erschlaffen
und Müdigkeit uns überwältigt

Der Mann da vorne
der sich ständig kratzt
ist er wirklich gekommen
um Adalbert Brennessel zu hören
den größten Falsettisten beiderlei Geschlechts
unseren Adalbert
auch Albino genannt
weil er rote Augen hat

Wenn er uns ansieht
der Adalbert
dringt sein Blick in uns hinein
irgendwohin zwischen Herz und Mark
und bleibt dort sitzen
brennend und fressend
Aber wir sind ja auch da
um seine jaulenden Portamenti zu hören
seine Sechzehntel
die er mit der Erbarmungslosigkeit eines
Trommelfeuers auf uns abschießt
sein mezza voce
bei dem er beide Augen zudrückt

Wenn er sie wieder aufmacht
rieselt es durch uns hindurch
Jetzt richtet er seinen Blick auf den Mann

den da vorne
dessen Gesicht rot und röter wird
während der Ärmste
sich unentwegt kratzend
unter seinen Sitz kriecht
gebrandmarkt für immer

Ängstlich verstummen die Leute
wenn Theodor
in seinem altmodischen weißen Nachthemd
mit ausgestreckten Armen das Dach besteigt
in den Händen eine große graue Maus
ein Stofftier vielleicht
das ihn
wie ein geheimer unwiderstehlicher Motor
hinter sich herzieht

Wo sie wohl hinstrebt die Maus
mit ihrem Theodor
der in schöner Vorsicht seine Schritte setzt
erleuchtet vom Mond
und seiner Maus vertraut
die ihn beschützt wenn er Schutz braucht

Ob ihn sein Mäuseengel ins Haus zurücklotst
ehe die schwarze Wolke dort oben
das Mondlicht unter seinen Füßen wegzieht
und die Finsternis
ihm die Augen öffnet

Als er die Einladung
den Othello zu spielen
in der Hand hielt
spürte er ein leichtes Zittern
Einen Grund mußte das ja haben
Schließlich hatte er es schwarz auf weiß
An den Othello hätte er nie gedacht
Eifersucht kannte er nicht
Mohren erfüllten ihn mit Mißtrauen
Venedig haßte er
ein lautes Wort
hatte er noch nie gesprochen
Andererseits konnte man nicht nein sagen
Eine solche Chance kam nie wieder
Jutta Lampe als Desdemona
war natürlich das Feinste
und Romuald Malkovich als Jago
könnte man hinnehmen
Nun galt es sich zu beweisen
Wie man das wohl anstellte
zu brüllen
mit den Augen zu rollen
nicht zu schwäbeln
Mordlust zu entwickeln
deutlich zu flüstern
überhaupt *ganz vorne* zu sprechen

Morgen früh
während das Badewasser einlief
würde er deklamieren wie Demosthenes
obwohl er nicht stotterte
Um den Küchentisch würde er schlingern
weil Mohren schlingern
anschließend
vor dem Spiegel
einen schwarzen Strumpf übers Gesicht ziehen
wie ein Einbrecher
Ob schwarze Einbrecher
rosa Strümpfe benützten
Einen schwarzen Strumpf also
mit Löchern für die Augen
in denen vor allem
das Weiße herauszukehren wäre
Ein recht stumpfes Schwert
wäre zu finden
Juttas Foto
an den Spiegel zu heften
Ob die Lampe tatsächlich
rote Haare hatte
Wenn sie so vor einem dastand
das zarte Wesen
oder kniete
betend

konnte man dann
als nobler Mensch
brutal
wegen eines Taschentuchs
das Messer in sie hineinrennen
wenn auch nur scheinbar
Natürlich würde es Neider geben
seine Kollegen in der Firma
aber auch Bruno Ganz Holtzmann
oder diesen Brandauer
Denen mußte er es zeigen
Da gab es kein Zurück
Er würde rasen
wie Holtzmann noch nie gerast hatte
und zugleich so edel sein
daß Bruno Ganz ihn
als Bruder in die Arme schlösse
Mit den Nasenflügeln würde er vibrieren
wie weder Brandauer noch Malkovich
je zu vibrieren wußten
Jutta Lampe würde er Rosen schicken
täglich zweimal
das war noch das mindeste
wenn man jemand ständig umbrachte
Seine bessere Hälfte würde staunen
wenn er sie

heute abend
probeweise
mit einem Kissen erstickte

Das Einmaleins
ist nicht leicht zu erlernen
solange die Ziffer 2
sich wie eine 7 aufführt
die 6
zeitweise kopfstehend
der 9 das Wasser abgräbt
und die Rundungen der Dreier und Achter
nahezu identisch gebauscht
das Auge verwirren
Mit den verbliebenen Vierern Fünfern und Einsern
ist kein Staat zu machen
bestenfalls ein numerisches Krähwinkel
oder eine arithmetische Bananenrepublik
denn wir dürfen die Nullen nicht vergessen
die länglich und bananenhaft
wie gezogene Säbel
das Papier bevölkern
hellgelb koloriert

Nein
läßt sich schwer widerlegen
es trotzt den unverschämten Göttern
zieht Grenzen
ist streitbar vernünftig

Wenn es sich in die Brust wirft
das Nein
kokett wird
den Aufstand befiehlt
wollen wir dieses Nein nicht bejahen
ein Nein stehe gegen das andere
das genaue Nein gegen das ungenaue

Mit dem Ja
seien wir sparsam
freundlich zögernd
man muß es drehen und wenden
wenn es uns überwältigt
löscht es uns aus

Es gibt Ideen
die sich mit der Geschwindigkeit von Seerosen
verbreiten
aber Seerosen bleiben immer Seerosen
Ideen jedoch
verschmutzen verwittern bleichen aus
wie Spiegel
die ihre Sehkraft verlieren
bis sie erblinden

Andere klammern sich ans Überleben
sind wechselhaft wie Aprilwetter
schielen in alle Richtungen zugleich

Dann noch die gefährlichsten
die unablässig das Auge blenden
Menschen verschlingend

Der Fensterlputzer
sprach zum Dacherldecker
Wenn erst der Rauchfängleinkehrer da ist
dann wird dir
auf deinem Dacherl da oben
schon noch das Lachen vergehen
Worauf der Dacherldecker
ein Ziegelein fallen ließ
genau auf das Kopferl
des Fensterputzerls
welch letzterer
vor lauter Überraschung
kein Muckserl
oder Mückslein
mehr hervorbrachte

Ob man lachen darf
lachen oder kichern
worüber
bei welcher Gelegenheit
etwa bei Begräbnissen
das wäre falsch
und geschmacklos
bei Staatsakten
Fastenpredigten
kaum ein Lächeln
beim Liebesakt
das geht ja gar nicht
entweder man lacht
oder man liebt

Komisch muß etwas sein
dann lache man

aber wie man lacht
das Wie des Lachens
ist wichtig
ausschlaggebend
eine ganze Lachskala
ist da zu entfalten
unterdrückt bis dröhnend
manchmal hämisch

aber immer herzlich

Rücksichtsvoll sei das Lachen
weder schrill noch schnarchend
verlegen
das macht sich gut
bei einer Dummheit ertappt werden
sich geschickt herauslachen
wirkt entwaffnend

Man muß es richtig dosieren
das Lachen
vom einzelnen knappen ha
bis zu Lachsalven Lachtränen Lachkoloraturen
Nur albern darf es nicht sein
da hüte man sich
wer nähme einen da noch ernst
da würde man ja
ausgelacht

Wenn die Engel kommen
erzählen sie gerne Geschichten
etwas ungereimt freilich
Engel lieben Unsinn
informieren uns über Gott und die Schöpfung
alles frei erfunden
sehen aus wie Paradiesvögel
oder junge Propheten
oder schöne geflügelte Damen
flatterhaft
aber immer mit dieser Aura nobler Unschuld
selbst wenn sie uns bedrängen
uns mit ihren Flügeln zudecken
den Himmel öffnen
Müttern erscheinen sie als Putten
werden geherzt
und entfleuchen wieder
Auf Denkmälern sitzend
putzen sie sich
wie die Schwalben

Als die alte Dame
das Huhn zum erstenmal mit ins Bett nahm
dachte sie sich nichts Besonderes dabei

Es war kühler geworden
und das Huhn
von Natur aus freundlich
kroch unter die Decke

Eigentlich sah die alte Dame aus wie ein Huhn
Wie Hühner sprach sie ihre Sätze nie zu Ende
scharrte mit den Füßen
oder brütete vor sich hin

Nur eines ahnte sie nicht
Das Huhn
das neben ihr im Bett lag
war ein lebhaftes Huhn
gackerte im Schlaf
flog im Zimmer herum wenn es träumte
ängstlich flatternd
und rupfte sich dabei ein paar Federn aus
Dann plumpste es wieder aufs Bett zurück
kletterte auf ein Kissen
und legte ein Ei

Nach getaner Arbeit
schnarchte es
wie nur Hühner schnarchen
die mit sich zufrieden sind

Im Morgengrauen
krähte die alte Dame
nett wie sie war
damit das Huhn sich wie zu Hause fühlte

Neuerdings
sieht man sie beide
auf dem Hühnerhof
mit ruckartigen Bewegungen des Kopfes
ihre Körner picken
oder vor dem Hahn
laut schreiend
davonlaufen

Mit einer in der Geschichte des Kunsttourismus
beispiellosen Beharrlichkeit
entzieht sich die letzte unentdeckte romanische
Landkirche
auch weiterhin dem Zugriff der Reisenden
In einer Bergschlucht des Unteroberallgäus
bietet sie
als Brauerei getarnt
dem verzweifelt herumirrenden Architekturkenner
kühle Labung
Das Biermaß in der Hand
durchforstet er die Spalten seines Reiseführers
ohne zu ahnen
daß
wenige Armlängen entfernt
die haarsträubendsten Auswüchse mittelalterlicher
Reliefplastik
ungestört dahindämmern
Verborgen hinter Hopfen und Malz
künden die schlummernden Kapitelle
vom Sieg des Unglaubens
schildern erbarmungslos
den Untergang der apostolischen Macht
und illustrieren anschaulich
die Vertilgung hilfloser Heiliger durch Drachen
und Dämonen

Ratlos wandert der Finger des Touristen über die
Landkarte
während sich aus den gespitzten Mäulern der
ehemals gotischen Spundlöcher
glucksend
das Bier der Schaum das Vergessen
in Becher und Krüge ergießt

Als FUFLUNS
der Gott des Entzückens
beschloß
einer ansehnlichen Dame namens Hildegard
seine Aufwartung zu machen
kräuselte sich auf ihren Armen
unverzüglich die Gänsehaut
und kroch
wie eine Ameisenstraße
über Schultern und Hals
bis auf den Kopf hinauf
wo sich das Haar
nach der Art eines Igels einer Drahtbürste oder
eines Besens
um nicht zu sagen
einer Hexe oder der Medusa
prachtvoll sträubte
Zugleich
schnurrte es aus dem Inneren der Dame heraus
wie bei einer Katze einer Nähmaschine oder einer
hydraulischen Pumpe
unterbrochen nur
von freudigen Seufzern
obwohl sich auch Artikulierteres wie FLUNSI
mehrmals unterscheiden ließ
Des weiteren
sah man Hildegard

die Augen in der Manier des italienischen oder
spanischen Seicento verdrehen
und
nach Gewohnheit sich häutender Schlangen oder
indischer Tempeltänzerinnen
ihren Rumpf in elliptische Bewegung versetzen
Leider
wurde zu diesem Zeitpunkt
der erhabene FUFLUNS
von FLAUSIA
der Göttin der Sparsamkeit der Vernunft und des
Hungerleidens
zur Ordnung gerufen
was FUFLUNS
denn er war ihr Gatte
dazu veranlaßte
verärgert
aber mit eingezogenem Kopf
das Weite zu suchen
Heute noch
kann man Hildegard
in Momenten plötzlicher Geistesabwesenheit
dabei ertappen
wie sie ihren Mund trompetenartig vorstülpt
das Wort FLUNSI formend
und dabei die Schultern hochzieht
als hätte etwas Kühles ihren Rücken berührt

Möchten Sie nicht
vielleicht
ein Held sein
Tyrannen trotzen
im Winter
ohne Mantel
freiwillig frieren
im Zirkus Feuer schlucken
ein großes Orchester dirigieren
von innen heraus leuchten
wie Gérard Philipe
dem Schicksal in den Rachen greifen
wie unser Beethoven
im Eheleben ausharren
für eine Wahrheit Sache Idee
unverdrossen sterben
vorher jedoch
möglichst viele andere
zum Tod befördern
als Stylit
auf einer Säule stehen
als Märtyrer
stolz und stoisch
diesem Dasein Adieu sagen
fürs Vaterland
sich schlachten lassen

Ermannen Sie sich
Wir heben Sie auf unseren Schild
tragen Sie spazieren
sorgen für Nachruhm

Eule mit Weule
sagte die Athenerin

Gut Ding braucht Eulen
sagte der Athener

Eulen sind aller Laster Anfang
sagte die Athenerin

Eune Eule kommt selten alleun
versetzte der Athener

Viele Eulen verderben den Brei
rief die Athenerin

Wer andern eine Grube gräbt
murmelte der Athener

ist selbst eine Eule
mit Beule

Große Damen und große Ereignisse
werfen große Schatten voraus

Kleine Damen und kleine Flöhe
sind zugleich klein und hüpfend

Starke Damen und starke Erdbeben
haben Starkes und Wackelndes gemeinsam

Schmale Damen und schmale Kost
sind ebenso schmal wie köstlich

Lange Damen und lange Würmer
gleichen sich dank ihrer Länge

Runde Ostereier
sind nicht einmal rund

Bitte treten Sie ein
Ich kenne Sie zwar nicht
doch der erste Blick den ich auf Sie richte
und noch mehr der zweite
erfüllen mich
trotz Ihrer grünen Haare
mit Wohlgefallen
Ich sehe ein Gesicht
blühend ohne zu strotzen
Mund und Auge in schönem Gleichgewicht
dazu einen Leib
dessen Umrisse
dem darauf sitzenden mediterranen Haupt
auf das angemessenste Genüge tun
nicht ohne Grazie insgesamt
bis auf den
nun tatsächlich strotzenden
Ausbau der oberen Körperregion
dessen Anblick mich
kühn geworden
die Hoffnung aussprechen läßt
es möge mir gestattet sein
das Panorama dieser Hochgebirgslandschaft
unverhüllt zu besichtigen

Irre ich mich
oder bemerke ich in Ihren Augen

den Anflug eines spöttischen Lächelns
während Ihre Finger bereits
überraschend willfährig
am Gewand nesteln
Dinge preisgebend
die kein Sterblicher dort vermutet hätte
einen mythologischen Überfluß an Brüsten
nämlich
der dem Betrachter nun entgegenwuchert
fleischgewordene Parade von Orangen Birnen
Zitronen und Kokosnüssen
immer heftiger aufgestört
ja durcheinandergerüttelt wie eine Obstplantage im
Sturm
dank Ihres grausamen Gelächters
das sich an meiner Verblüffung weidet
mein Entzücken lähmt
mich demütigt
sodaß ich
Ihre Visitenkarte umklammernd
wie versteinert auf diese Pracht starre

In meinem Adreßbuch
verzeichne ich später
noch leicht benommen
CERES

Die Milch der frommen Denkungsart
Hausbesuche nach Bedarf
Mobile Telephone Fax

Am Montag noch
standen sie harmlos ums Haus herum
fraßen Zucker aus der Hand
und entledigten sich unbekümmert ihrer Roßäpfel

Dienstag früh bereits
hörte man sie schnaubend die Treppen auf- und
niedersteigen
Schränke öffnen
und die Leichte Kavallerie auflegen

Am Mittwoch sodann
hockten sie in seiner Küche
erzählten Lipizzanerwitze
und verspeisten seinen Hafer

Als Emil
am folgenden Abend
in seinem Bett ein Fohlen vorfand
wieherte er einmal kurz
flatterte aufs Fensterbrett
und flog
Emil hat Flügel
über Bäume und Dächer davon

Der General ist mein Geliebter
Seine Taschen sind voller Edelsteine
wenn ich einen Goldzahn finde
verzieht er sein Gesicht

Der General ist streng aber gerecht
Zuhause übt er Geige
klopft sich auf den Fettbauch
reicht mir seine Orden zum Spielen

Der General und ich essen Austern
Manchmal plagt ihn der Hexenschuß
dann versäumt er sein Manöver
die Hexe bin ich

Der General kann mehreres zugleich
Während er Geige übt
plant er den nächsten Krieg
Kenner rühmen seinen süßen Ton

Im Paradies angekommen
fragen wir uns
skeptisch bis zum letzten
Was geht hier eigentlich vor
Taube dürfen hier Musik hören
Musiker müssen aufspielen
Stumme haben sprechen gelernt
Redende beginnen zu lallen
Die Lahmen laufen wie die Wiesel
wenn sie nicht in der Luft herumfliegen
Wir Machtlosen bleiben machtlos
etwas elegisch
geben wir uns damit zufrieden
sehen zu wie Häßliche schön werden
Engel
mit geschwärzten Flügeln
vom Himmel fallen
und die Schlange am Baum
uns entgegenzüngelt

Wenn nachts das Gespenst erscheint
und sich ums Klavier herumtreibt
dann wissen wir
Brahms ist gekommen
Das wäre weiter nicht schlimm
wenn nicht dieser Zigarrengeruch
das Musikzimmer tagelang verpesten würde
Schlimmer noch
ist allerdings sein Klavierspiel
Dieses Gewühl durch Akkorde und Doppeloktaven
weckt sogar die Kinder aus ihrem Tiefschlaf
Schon wieder Brahms
heulen sie
und halten sich die Ohren zu
Verstimmt und rauchend
steht der Flügel da
wenn Brahms sich erhebt
Brahms
sagt er mehrmals
mit klagender Tenorstimme
bevor er verschwindet

Mein Name ist Lachmann
Firma Lachmann und Witz
Womit kann ich dienen
Ein Hochzeitslachen
das finden Sie auf Seite 7 der Preisliste
Glückliches Gelächter gehört zum Schwierigsten
nur wenige von uns
treffen da den richtigen Ton
Wenn ich Ihnen vorlachen darf

Gestatten die Frage
ob Sie selbst der Bräutigam
Uh haha
da bin ich aber ins Fettnäpfchen getreten
ich beginne zu begreifen
Störendes Lachen während des Jaworts

Auch darin haben wir Erfahrung
Darf es gellend sein
oder eher sarkastisch
jedenfalls unpassend wir verstehen uns
und kurz
ich rate zur Kürze
etwa folgendermaßen
erlauben Sie mir
ha-ha

Ein unvergeßlicher Eindruck für das Brautpaar
Natürlich fällt das in unseren Sondertarif
Gefahrenzulage Seite 8
Vielleicht könnte mich der Organist mitnehmen
als Umblätterer auf die Empore
ein paar Lacher eventuell schon beim
Hochzeitsmarsch
in die Kirche hinunter

Nein Sie haben ganz recht
das ließe die Katze aus dem Sack
Also Montag 10 Uhr mit Blumenstrauß
Sie können sich auf uns verlassen
Tonband wird nachgeliefert
oder wünschen Sie DAT

Die Auskunft
daß sich in der Tritsch-Tratsch-Polka
einem besonders fröhlichen Musikstück
der Heilige Geist verbirgt
kam für einige von uns
nicht völlig unerwartet
Wir verdanken
die endgültige Aufdeckung dieses Tatbestands
einem gewissen Alois
dessen geschärftes Ohr
im Opus 214 des Walzerkönigs
unmißverständlich Gottes Stimme vernahm
Von Alois angestiftet
bewegen wir uns seither
im Zweitakt der Polka-Schnell
geradeaus auf den Allmächtigen zu
durchqueren kreuzfidel seine achtzehn
oder waren es dreiunddreißig
Himmelskreise
welche sich nun
einer nach dem anderen
vor uns auftun
allen jenen Einlaß gewährend
die dem Alois hinterdreintanzen
gelegentlich durch Ohrfeigen angefeuert
Ohrfeigen der Begeisterung

rechts und links
auch da blieb man im Tritt
oder Tritsch
nichts durfte den Gleichklang stören
man hält beide Wangen hin
dann glühen sie schöner
vielleicht auch noch den Rücken
dem der Alois
tritsch tratsch
mit der Peitsche eins überzieht

(An Klaus Heinrich)

Entgeistert
starrte er aufs Papier
Wo diese Vokabeln nur herkamen
Schleunigst mußte er das Blatt verbergen
vor Elisabeth und der Haushälterin
Im Spiegel sah er sich an
als sähe er sich zum erstenmal
obszön und böse
er mußte sich bessern
jetzt sofort
seine Züge zurechtrücken
ein neues Blatt
weiß und unschuldig
bereitlegen
Etwas Liebes Zartes sollte es diesmal sein
auch das steckte in ihm
Teetassen aus Porzellan
(damit könnte es anfangen)
dazu Mädchen in weiß
unschuldig
wenn auch schon leicht angeheitert
silbernes Lachen
(sagte man das noch)
jetzt nahm die eine schelmisch
(wenn der Ausdruck erlaubt ist)
ein Stück Zitronenkuchen

und stopfte es ihrer süßen Schwester
blitzschnell in den Busen
Diese
nicht faul
belud ihren Löffel mit Torte
und katapultierte das schokoladenbraune Geschoß
in das Gesicht der Schelmin
(schon wieder dieses Wort)
(im übrigen gut gesagt)
Nun überstürzten sich die Ereignisse
Heißer Tee
ergoß sich auf die anmutigen Häupter
der jungen knospenden Schönheiten
(etwas dick aufgetragen)
bevor das Teegeschirr an die Reihe kam
Meißen 1789
von zarten Händen zerschmettert
Wie Mänaden
rissen sich die jungen Damen
(das klingt nun wirklich unangebracht)
gegenseitig die Kleider vom Leibe
gräßlich kreischend

Ein Blick in den Spiegel
es half alles nichts
dieser Mensch war er

was heißt da noch Mensch
Ob Elisabeth schon etwas merkte

Nachbemerkung

Unter den Musen dieser Texte befinden sich mehrere alte Damen. Eine von ihnen blieb, als ich im Museum of Modern Art in New York auf einer Bank saß, plötzlich vor mir stehen, zeigte auf mich und sagte: »Are you Woody Allen?«

Eine andere erblickte ich auf dem Fernsehschirm. Sie war Mitglied jener Gruppe von Menschen – es gibt sie wirklich – die der Tritsch-Tratsch-Polka lauscht, um des Heiligen Geistes teilhaftig zu werden. Mit Hilfe dieser Sekte werde man, wie die alte Dame zu verstehen gab, in die »achtzehn, nein, pardon, dreiunddreißig Kreise des Himmels« eingeführt. Alles übrige habe ich erfunden.

Ebenfalls verbürgt ist, daß ein Huhn einmal jährlich bei einer Veterinärin chloroformiert wurde. Da es nachts schnarchte, wurde dem Tier die Nase ausgeputzt, damit es die alte Dame nicht störte, in deren Bett es schlief.

Daß Fufluns ein »etruskischer Gott der Entzükkung« war, entnahm ich Elias Canettis »Nachträgen aus Hampstead«.

Mit Johannes Brahms ist ein Wiener Komponist hanseatischer Herkunft gemeint, dessen d-moll-Klavierkonzert zu meinen Lieblingsstücken gehört.

Die beiden Ärzte, denen ich die Entfernung meines Blinddarms verdanke, hießen Dr. Lachmann und Dr. Witz.

A. B.

Inhalt

In gleicher Ausstattung liegt vor

Alfred Brendel · Fingerzeig

4. Auflage 1996. 88 Seiten

Von Musikern und Alltagsmenschen, von Tieren und anderen Steckenpferden geht die Rede. Die Inhalte, die Themen und Motive sind freilich bloß das eine. Das andere, just: die Seite der Kunst, ist die Sprache. In Alfred Brendels glänzendem Stil ist das Leben gebannt. Es hat sich gleichsam vergegenständlicht. Es ist zur Essenz geronnen – und kann deshalb immer wieder betrachtet, das heißt im Wortsinn: gelesen werden. *Martin Meyer*

Nun legt Brendel, nach zwei hochvernünftigen Büchern, eine Sammlung von Texten vor, die sich selber in die (recht kleine) Gruppe der genuin komischen Literatur einreiht und ihren Autor vielleicht »unsterblich« macht ... Dieses Büchlein wird ohne Zweifel ein Treffer werden, nicht nur bei der zahlreichen Brendel-Gemeinde, nicht nur bei musikalischen Menschen, sondern überhaupt.
Hans Zender in der Frankfurter Allgemeine Zeitung

Was diese »Texte« zu Gedichten erhebt, sind neben Rhythmus und Wortklang auch eine fein strukturierte dynamische Ebene, ein Laut und Leise, das lautmalerisch, aber auch inhaltlich erzeugt wird und letztlich doch wieder auf den feinsinnigen Musiker Alfred Brendel verweist.
Helmut Mauró in der Süddeutschen Zeitung

Das hat es bisher nicht gegeben: Ein Pianist versucht sich in der Literatur und meistert seine Probe mit Bravour. Brendel lesen? Ein Vergnügen! *Focus*